克雷洛夫寓言

瑞全/编　　　陈涛/绘图

U0117006

百花文艺出版社

BAIHUA LITERATURE AND
ART PUBLISHING HOUSE

图书在版编目(CIP)数据

克雷洛夫寓言 / 瑞全编. — 2 版. — 天津:百花文艺出版
社,2011.1
(金色童年阅读丛书)
ISBN 978-7-5306-5766-9

Ⅰ.①克… Ⅱ.①瑞… Ⅲ.①寓言—作品集—俄罗斯—
近代—缩写本 Ⅳ.①I512.74

中国版本图书馆 CIP 数据核字(2010)第 197691 号

百花文艺出版社出版发行
地址:天津市和平区西康路 35 号
邮编:300051
e-mail:bhpubl@public.tpt.tj.cn
http://www.bhpubl.com.cn
发行部电话:(022)23332651   邮购部电话:(022)27695043
全国新华书店经销
天津新华二印刷有限公司印刷
*
开本 787×1092 毫米   1/16   印张 6
2011 年 1 月第 1 版   2011 年 1 月第 1 次印刷
定价:13.80 元

前言
QIAN YAN

yī fán ān dé liè yē wéi qí kè léi luò fū shì
伊凡·安德烈耶维奇·克雷洛夫（1769—1844）是

shì jì é guó zuì jié chū de yù yán zuò jiā jù zuò jiā tā yì shēng
19世纪俄国最杰出的寓言作家、剧作家。他一生

gòng xiě yù yán piān bèi yì chéng jǐ shí zhǒng yǔ yán zài shì jiè gè dì chū
共写寓言203篇，被译成几十种语言在世界各地出

bǎn chū xíng
版出行。

kè léi luò fū de yù yán dà dōu jì chéng le é luó sī dòng wù gù shi
克雷洛夫的寓言大都继承了俄罗斯动物故事

de chuán tǒng tū pò le xī fāng yù yán jiè dòng wù gù shi zuò wéi jiǎn dān de
的传统，突破了西方寓言借动物故事作为简单的

hán yǒu xùn jiè de chén guī chéng wéi le yǎ sú gòng shǎng de fěng cì wén xué zuò
含有训诫的陈规，成为了雅俗共赏的讽刺文学作

pǐn yù yán zhōng de shān shuǐ huā cǎo yú shòu niǎo
品。寓言中的山水花草、鱼兽鸟

chóng bù jǐn xǔ xǔ rú shēng ér qiě xiàng zhēng xìng
虫，不仅栩栩如生，而且象征性

jí qiáng cháo xiào fěng cì le zhǒng zhǒng è xí
极强，嘲笑讽刺了种种恶习——

yú mèi wú zhī zì sī zì lì ài mù xū róng xū
愚昧无知、自私自利、爱慕虚荣、虚

wěi lìn sè yě gē sòng le láo dòng zhě de shàn liáng
伪、吝啬；也歌颂了劳动者的善良、

chún pǔ qín láo hù xiāng bāng zhù tí cái guǎng
纯朴、勤劳、互相帮助。题材广

前言

QIAN YAN

泛，寓意很深。表现了现实生活的内容，读来通俗易懂、浪漫生动，富有亲切感。像语文课本中接触到的《乌鸦与狐狸》、《狼和小羊》等，都是脍炙人口的精典名篇，在各国读者中广为流传，也为众多青少年读者所熟悉和喜爱。

克雷洛夫的寓言均以诗体形式写成。这本《克雷洛夫寓言》精选了其中37篇，改编为故事形式，仍秉承了内容生动、情节紧凑、语言精练的特点，在每个寓言故事后面，以"阅读提示"引导读者理解寓意，加以思考，有所感悟。

盼望我们精选的《克雷洛夫寓言》，能够带给青少年读者一个崭新的阅读空间。

编者

目录
CONTENTS

目录
●●○○○ CONTENTS

目录
CONTENTS ●●●●●

目录
CONTENTS

wū yā shàng le hú li de dàng
乌鸦上了狐狸的当

原名：乌鸦与狐狸

乌鸦不知从什么地方得到了一小块奶酪，它衔着这块奶酪躲到了一棵枞树上，准备好好儿享受它的口福。

一只狐狸从枞树旁跑过，一阵奶酪的香味引得狐狸停下脚步。狐狸瞧瞧乌鸦嘴里的奶酪，舔舔自己的嘴巴，一个坏主意在它心里产生了。狐狸踮起脚尖，卷起尾巴，目不转睛地抬头瞅着乌鸦，语气十分柔和又慢声细语地说：

"乌鸦小妹妹，你是多么美丽而逗人喜爱啊！你那光滑的脖子、明亮的眼睛，美丽得像天使！啊，那么亮丽的黑色羽毛，那么小巧的嘴巴，只要你开

kǒu　yí dìng hé tiān shǐ de shēng
口，一定和天使的声

yīn yí yàng　chàng ba　qīn ài
音一样。唱吧，亲爱

de　bié hài xiū　ā　wū yā
的，别害羞，啊，乌鸦

xiǎo mèi mei　nǐ chū luo de zhè
小妹妹，你出落得这

yàng měi lì dòng rén，yào shi gē
样美丽动人，要是歌

er　yě chàng de měi lì dòng rén，
儿也唱得美丽动人，

wěi wǎn dòng tīng　nà me zài niǎo
委婉动听，那么在鸟

lèi zhōng　nǐ jiù shì lìng rén qīng
类中，你就是令人倾

dǎo de huáng hòu le。"
倒的皇后了。"

　wū yā bèi hú li zàn měi
乌鸦被狐狸赞美

de yǒu diǎn piāo piāo rán le　gāo xìng de yǒu diǎn tòu bú guò qì lái le
得有点飘飘然了，高兴得有点透不过气来了。

nà hú li hái zài jì xù gǔ dòng　nǐ chàng ya　wū yā xiǎo mèi mei
那狐狸还在继续鼓动，"你唱呀，乌鸦小妹妹，

měi lì dòng rén de gē shēng yào shi bú chàng chū lái　shuí néng zhī dào zhè lǐ yǒu yí
美丽动人的歌声要是不唱出来，谁能知道这里有一

wèi chū sè de gē chàng jiā ne　chàng ba　chàng ba……"
位出色的歌唱家呢？唱吧，唱吧……"

　wū yā tīng xìn le hú li de róu shēng quàn yòu　tā tí gāo sǎng mén er
乌鸦听信了狐狸的柔声劝诱，它提高嗓门儿

chàng le　fā chū le　guā guā　guā guā　jǐ shēng cì ěr de jiān jiào
"唱"了，发出了"呱呱、呱呱"几声刺耳的尖叫。

nǎi lào cóng wū yā zuǐ zhōng diào le xià qù　bú yòng shuō　hú li xián
奶酪从乌鸦嘴中掉了下去——不用说，狐狸衔

zǒu le nǎi lào zǎo jiù pǎo de wú yǐng wú zōng le wū yā bā dā bā dā kōng
走了奶酪，早就跑得无影无踪了。乌鸦吧嗒吧嗒空

kōng de zuǐ ba fǎng fú gānggāngmíng bai diǎn shén me
空的嘴巴，仿佛刚刚明白点什么……

dui ē yú fèngcheng liū xū pāi mǎ de rén yào dī fang tā de bié yǒu yòng xīn
对阿谀奉承、溜须拍马的人，要提防他的别有用心，

yí dàn jiē shòu zhè zhǒng ē yú pāi mǎ zuì zhōng chī kuī de zhǐ néng shì zì jǐ
一旦接受这种阿谀拍马，最终吃亏的只能是自己。

luò dào gǔ péngshang de yīng
落到谷棚上的鹰

原名：鹰和鸡

zài yí gè xià tiān de zǎo chen fēng hé rì lì wēi fēng qīng fú yì zhī
在一个夏天的早晨，风和日丽，微风轻拂，一只

xióng jiàn de lǎo yīng yí rán zì dé zì yóu zì zài de zài tiān kōng fēi xiáng tā shān
雄健的老鹰怡然自得自由自在地在天空飞翔，它扇

dòng yǒu lì de chì bǎng xiàng gāo chù fā chū guāngliàng de dì fang fēi xíng
动有力的翅膀，向高处发出光亮的地方飞行。

yīng sì hū fēi lèi le tā cóng yún céng gāo chù fǔ chōng xià lái xià miàn
鹰似乎飞累了，它从云层高处俯冲下来，下面

zhènghǎo yǒu yì xiē gǔ péng tā jiù luò jiǎo zài zhè dī ǎi de gǔ péngshang
正好有一些谷棚，它就落脚在这低矮的谷棚上。

yīng luò zài yí zuò gǔ péngshang zài jī de jiā zú zhōng yǐn qǐ le xuān
鹰落在一座谷棚上，在鸡的家族中引起了轩

rán dà bō fū wō mǔ jī duì tā de tóng bàn shuō
然大波，孵窝母鸡对它的同伴说：

"这回我可看到被称作鸟中之王的鹰了,它那飞行的样子啊,实在是普通又普通,跟我们鸡飞行的样子根本没什么两样,不要把老鹰看得那么崇高,好像我们与它们无法相比似的。我这回可真看清了老鹰的面貌,它的腿那么短,它的眼睛那么小,就跟其他的鸟一样,而且老鹰飞得跟我们一样低。"

老鹰本来在闭目养神,被鸡的这番话搅烦了,它盯了一眼在喋喋不休发表"演说"的鸡,神情庄重地说:"你说得对,但你却不知道另外的一面,我

men yǒu shí hou dí què fēi de bǐ jī hái yào dī kě shì jī què yǒngyuǎn bú huì
们有时候的确飞得比鸡还要低，可是鸡却永远不会

bǐ yīng fēi de gāo zhè shì wú fǎ gǎi biàn de dà zì rán de guī lù
比鹰飞得高，这是无法改变的大自然的规律。"

jī tīng le zài yě shuō bù chū huà lái
鸡听了，再也说不出话来。

dāng wǒ men píng jià tā rén de cái néng shí bú yào zì yǐ wéi shì chuī máo qiú cī
当我们评价他人的才能时，不要自以为是吹毛求疵，

yào kàn dào rén jiā de cháng chu hé yōu diǎn shàn yú fā xiàn nǐ suǒ bù jí de tè diǎn
要看到人家的长处和优点，善于发现你所不及的特点。

xiǎng qù wài guó de cāng ying
想去外国的苍蝇

原名：蜜蜂和苍蝇

zài yí gè cūnzhuāng de yì jiǎo zhèng zài zhào kāi yí gè huì yì huì yì
在一个村庄的一角，正在召开一个会议，会议

cān jiā zhě shì liǎng zhī píng píngchángcháng de cāng ying hé tā men de lín jū mì fēng
参加者是两只平平常常的苍蝇和它们的邻居蜜蜂。

yì zhī cāng ying xiān fā yán shuō wǒ men liǎ yǒu yí gè xiǎng fǎ jiù shì yào lí
一只苍蝇先发言说："我们俩有一个想法，就是要离

kāi jiā xiāng dào wài guó qù mì fēng lín jū nǐ néng hé wǒ men tóng qù ma
开家乡到外国去，蜜蜂邻居，你能和我们同去吗？"

mì fēng méi yǒu mǎ shàng huí dá
蜜蜂没有马上回答。

zhè zhī cāng ying yòu jì xù shuō yīng wǔ qù guo wài guó tā duì wǒ men
这只苍蝇又继续说："鹦鹉去过外国，它对我们

绘声绘色地讲了苍蝇家族在外国受到的冷遇，这使我们的自尊心受到极大的损害，蜜蜂邻居，你能相信鹦鹉说的话吗？"

蜜蜂问："鹦鹉是怎样说的？"

苍蝇说："鹦鹉说，就是在外国，人们也联合起来驱赶苍蝇，不让我们这个家族成员吃夹肉馅饼，他们一点儿也不认为自己做得过分。人类真是怪物，听说外国到处都有精美的筵席，可哪一种食物都用罩子盖得严严的，碰都不让苍蝇碰。鹦鹉说，在那里苍蝇总是不停地飞呀飞，难得找个歇息的机会，就是有点休息的机会，可恶的蜘蛛又来捣乱，搅得你一刻不得安宁。"

另一只苍蝇接着说："可是我们要不去呢，在这边也一样受到围追堵截，蜜蜂邻居，你看我们是不是去外国更有利一些呢？你跟我们同去吗？”

蜜蜂站起身，回答说：“那么，祝你们旅途愉快吧！我觉得在乡间生活得十分愉快，我凭着自己的辛勤劳动赢得了人们对我们的尊重，大家都爱护我，无论我飞到哪里，幸运一直跟着我。这就是我舍不得离开这里的理由，我想，即使我到了国外，我认认真真地酿蜜，人们也一样会欢迎我的。而你们则不同了，你们到哪儿去也没有什么用处，只会给人们带来烦恼和令人厌恶，无论在国内、在国外都是如此。我想，到了国外，蜘蛛会欢迎你们的。”

两只苍蝇听了，你看看我，我看看你，谁都说不出话来，不过它们还是幻想在国外能找到快乐。

阅读提示 YUEDUTISHI

靠自己的辛勤劳动，给人们带来甜蜜和幸福。不论走到哪里，都会受到欢迎和尊重。否则，只能像苍蝇一样四处碰壁，走投无路。

和牯牛比个儿的青蛙

原名：青蛙和牯牛

一只青蛙生活在水塘边。每天都看到一头牯牛到水塘边饮水。看到牯牛庞大的身躯，再看看牯牛赢得的人们敬重的目光，青蛙都快羡慕死了。"我就不能长得跟牯牛一样大吗？我非要和它赛赛看。"

这天，这头牯牛又来喝水，青蛙下决心要尽最大的力量来赛过牯牛的庞大。它用足了劲儿，鼓着气、胀起肚子，用累得上气不接下气的口气问它的同伴说："喂，亲爱的，我跟牯牛一般大吗？"

"不，亲爱的，差得远呢！"同伴不禁觉得好笑。

"你再仔细瞧瞧，现在我可胀大了，瞧得仔细点儿，你瞧，现在怎么样？我正在鼓出来吧？"青蛙依然拼命膨胀着自己。

"我看和原来差不多。"同伴做了认真的观察后说。

"那现在呢！"青蛙还是不死心，依然疯狂用着劲儿。同伴却平静地回答，"跟先前一模一样啊！"

青蛙不切实际的企图超过了生理的限度，它用力太猛，"啪"的一声胀破了肚子。

青蛙死去了，同伴们走过来，很有些惋惜。

阅读提示 YUEDUTISHI

世间的确有许多类似的事例，往妄自大、自不量力的市侩庸人就犹如这只青蛙一样，最终只能自取其辱。

jiè chū qù de mù tǒng
借出去的木桶

原名：一个木桶

yǒu yí wèi xiānsheng
有一位先生

yǔ tā de lín jū chǔ de
与他的邻居处得

hěn hǎo　　yì tiān　　lín
很好。一天，邻

jū wèn zhè wèi xiān sheng
居问这位先生，

néng bù néng jiè tā jiā de
能不能借他家的

mù tǒng yòng yì liǎng tiān
木桶用一两天，

shì chéng shuǐ yòng ma
"是盛水用吗？"

zhè wèi xiānsheng hěn suí yì
这位先生很随意

de wèn le yí jù　　bú
地问了一句，"不

shì　　yǒu diǎn qí tā yòng
是，有点其他用

tú　　lín jū yǒu diǎn shén
途。"邻居有点神

秘地说。帮助邻居，是责无旁贷的事，何况仅仅是一只木桶，先生再没有多问，马上把木桶借给了邻居。

两天后，邻居将木桶还回来了。细心的先生发现，邻居用木桶盛了两天老酒，如今这木桶，虽然跟以前一样可以盛水盛东西，但现在所有的东西，不论是啤酒呀、牛奶呀、还是面食和米饭等，只要用这桶盛过，都发出老酒的味道，真是让人无可奈何。

木桶的主人想了种种补救的办法。他把木桶放在火炉上蒸，一蒸就是几个小时，老酒的味道仍然挥之不去；他把木桶放在阳光下狠命地晒，也无济于事；他又在木桶里搁点儿除怪味的醋，仍除不去酒味。这位先生用了上百种办法，老酒的味道依旧存在。他难过极了，只好把这只心爱的木桶扔掉了。

阅读提示 YUEDUTISHI

坏习惯或不良习气，哪怕是仅仅沾染过一次，它都会对将来有所影响。所以远离那些坏习惯和不良习气才是最聪明、最明智的。

爱模仿的猴子

原名：猴子干活

一个勤快的农夫，天刚蒙蒙亮，就出来干活了。

他用一张破旧的犁，吃力地犁着一畦土地。他裤角挽得高高的，袖子也高高卷起，一路上干得相当卖力。他腿上溅满泥土，额头上的汗珠像雨点一样噼里啪啦地往下掉，因为干旱的原因，这畦土地太坚硬了，可这个农夫像是生来就是为了来对付这坚硬的土地似的，显得那样从容，那样坚韧和充满信心。

旁边的人见了，连连称赞，"一个像样的庄稼把式，好样儿的。"几个同行从这里走过，善意地大喊道，"伙计，干得不错，抓紧干吧，加油！"

一只猴子一直在旁边看着，听到人们都这样夸赞农夫，真是又美慕又眼红，它不由得想道："要是我也像他那样来忙碌一阵，不是也可以得到这样的夸奖吗？"

于是，这只爱模仿人的猴子找到一根木头，做起苦工来了。它先把木头举起来，然后以这样或那样的姿势托住木头，又把木头从这头拖到那头，从那头拖到这头。猴子累得头昏眼花，大汗淋漓，试图把工作做得更出色，但没有人为它送来一声半句的称赞。

猴子终于忍耐不住了，它鼓起勇气去问农夫，

wèi shén me yí yàng máng lù nǐ néng dé dào hěn duō rén de chēng zàn què méi
"为什么一样忙碌，你能得到很多人的称赞，却没

rén lǐ cǎi wǒ ne nóng fū xiào le pāi pāi hóu zi de jiān bǎng shuō nà
人理睬我呢？"农夫笑了，拍拍猴子的肩膀说："那

yě méi yǒu shén me qí guài yīn wèi nǐ wú lùn zěn yàng máng máng lù lù què duì
也没有什么奇怪，因为你无论怎样忙忙碌碌，却对

shuí yě méi yǒu shén me hǎo chu
谁也没有什么好处。"

hóu zi zhè cái míng bai shì de zǒu le
猴子这才明白似的走了。

阅读提示
YUEDUTISHI

rú guǒ nǐ de láo dòng jì bù néng gěi rén dài lái huān lè yě bù néng chǎn shēng xiào yì
如果你的劳动既不能给人带来欢乐，也不能产生效益。

nà me bú lùn nǐ fù chū duō shǎo yě bié zhǐ wàng néng gòu dé dào zàn shǎng hé rèn tóng de
那么，不论你付出多少，也别指望能够得到赞赏和认同的。

zhǔ rén yǔ qiè zéi
主人与窃贼

原名：主人和老鼠

zài chéng shì de jiāo qū yǒu yí gè xīn gài de cāng kù zhè shì yí gè
在城市的郊区，有一个新盖的仓库，这是一个

shí pǐn shāng rén xiū jiàn de cāng kù li suǒ yǒu de dōng xi dōu fàng de jǐng jǐng yǒu
食品商人修建的，仓库里所有的东西都放得井井有

tiáo qǐ chū shāng rén hěn wèi zì jǐ yōng yǒu zhè yàng de cāng kù ér dé yì dàn
条。起初商人很为自己拥有这样的仓库而得意，但

méi guò jǐ tiān shāng rén kāi shǐ kǔ nǎo le yīn wèi bù zhī cóng nǎ er zuān chū
没过几天，商人开始苦恼了，因为不知从哪儿钻出

来的老鼠，总是不断的在偷吃仓库里的东西。商人想出了一个办法，组织了一个猫的警察局，专门对付老鼠。于是，老鼠不再出来骚扰了。

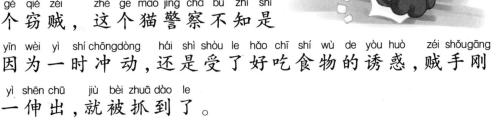

似乎一切都平安无事的时候，一件事却打乱了商人的全部部署。在警察局任职的警察中发现了一个窃贼，这个猫警察不知是因为一时冲动，还是受了好吃食物的诱惑，贼手刚一伸出，就被抓到了。

按一般常理，抓住一个窃贼，重重地责罚，从而"杀一儆百"，引起其他人的警惕，这也不失为一条良策，可是这个商人却采取了另一种做法：所有看守仓库的猫，都要接受鞭打。一看到这个命令，所有的猫，都从仓库里悄无声息地溜了，没有一只

liú xià lái bǔ zhuō lǎo shǔ
留下来捕捉老鼠。

māo lí kāi le　měi wèi de shí wù dào shì liú xià le bù shǎo lǎo shǔ
猫离开了，美味的食物倒是留下了不少，老鼠

men bù fēn bái tiān hēi yè de chī a chī a　bù chū yí gè yuè　lǎo shǔ jiù
们不分白天黑夜地吃啊吃啊，不出一个月，老鼠就

bǎ cāng kù li cún fàng de shí pǐn dōu chī guāng le
把仓库里存放的食品都吃光了。

阅读提示
YUEDUTISHI

bú yào háo wú gēn jù de cāi yí bié rén　nà yàng zuò　jì bù néng zhì zhǐ dào zéi
不要毫无根据地猜疑别人，那样做，既不能制止盗贼

jì xù tōu qiè　yě bú huì shǐ qí gǎi guò zì xīn　zhǐ huì yuān wang wú gū de rén ér zào
继续偷窃，也不会使其改过自新，只会冤枉无辜的人而造

chéng gèng dà de sǔn shī
成更大的损失。

fēngzheng de kǔ nǎo
风筝的苦恼

原名：风筝

tiān kōng qíng lǎng　wàn lǐ wú yún　yì zhī fēngzheng bèi yí gè nán hái qiān
天空晴朗，万里无云。一只风筝被一个男孩牵

zhe　gāo gāo de piāo fēi zài tiān shang　pīn mìng zhǎn shì zhe zì jǐ xiàng yīng yí yàng
着，高高地飘飞在天上，拼命展示着自己像鹰一样

jiāo ào de shēn qū　fēngzheng xiàng xià kàn shí　jiàn bù yuǎn de dì fang　zhèng fēi
骄傲的身躯。风筝向下看时，见不远的地方，正飞

zhe yì zhī hú dié　hú dié fēi de hěn dī　zài fēngzheng kàn lái　xiàng shì chāo
着一只蝴蝶。蝴蝶飞得很低，在风筝看来，像是超

低空飞行。

风筝大声对蝴蝶说："喂，蝴蝶，你干吗飞得那么低呀？我都险些看不到你了，你看见我飞得有多高吗？我这样高高在上，你一定会不好受的。"

蝴蝶边靠近风筝飞，边笑着回答说，"虽然你飞得高，几乎赶得上山顶和白云的高度，但这是人家用线牵着你飞的呀，这难道是你本人努力的成果吗？依我看，你这样的生活绝不是什么幸福，只是被迫为人当傀儡而已。我承认我飞得不高，但是我却有自我选择的权利，我要飞到哪儿就可以自由地

fēi dào nǎ er   zài shuō ne   wǒ bìng bú àn zhào bié rén de yì zhì qù xíng dòng
飞到哪儿，再说呢，我并不按照别人的意志去行动，

zhè nán dào bú shì wǒ de cháng chu ma
这难道不是我的长处吗？"

fēngzheng wú huà kě shuō   tū rán   yí zhènměng liè de fēng chuī lái   fēng
风筝无话可说。突然，一阵猛烈的风吹来，风

zheng gěi guā dào le   yì gēn diàn xiànshang   yì tóu zāi xià jiù zài yě bú dòng le
筝给刮到了一根电线上，一头栽下就再也不动了。

ér hú dié ne   yī rán zì háo ér yòu zì rú de fēi guò lái fēi guò
而蝴蝶呢，依然自豪而又自如地飞过来飞过

qù   yǒu shí fēi de dī   yǒu shí yòu fēi de hěn gāo
去，有时飞得低，有时又飞得很高……

阅读提示 YUEDUTISHI

bú yào zhǐ kàn dào zì jǐ de   gāo dù   yǒu shí hou zhè shì yǐ zì yóu wéi dài
不要只看到自己的"高度"，有时候这是以自由为代

jià   ér shī qù le zì yóu   jí shǐ fēi de zài gāo   yě zhōng jiū shì tā rén shǒuzhōng
价，而失去了自由，即使飞得再高，也终究是他人手中

de wán wù
的玩物。

bú yuàn fēn lí de hǎo péng you
不愿分离的好朋友

原名：铁锅和砂锅

zài chú fáng li   zhù zhe shā guō hé tiě guō   yóu yú tiān tiān jiàn miàn   yòu
在厨房里，住着砂锅和铁锅，由于天天见面，又

dōu zuò zhe yí yàng de gōng zuò   tā men hěn kuàichéng le hǎo péng you   liǎng gè péng
都做着一样的工作，它们很快成了好朋友。两个朋

友不愿分开，如果它们

在做饭时没有同时

在火炉架上工作，

就会彼此感到悲哀。

所以，在火炉上也好，

不在火炉上也好，它们

总是亲密地凑在一起。

铁锅可不安分呢，

感到每天在厨房里死

守着实在缺少情趣。它

一心想到各处去旅行，

就对砂锅说："我很希望你一同去。"砂锅回答说：

"既然好朋友相邀，哪有拒绝的道理？一起去吧。"

于是，砂锅随着铁锅跳上了货车，亲热地坐在一起。

这对幸福的朋友就这样出发了。

车子行驶在高低不平的石子儿路上，扑通扑通

地颠簸个不停。只见铁锅开心地笑着，连说着："真

有趣,真有趣。"砂锅可就受苦了,它时刻担心着自己会有生命危险,每一次颠簸,甚至铁锅的每一次开心的笑声,都会令砂锅胆战心惊。它暗自劝慰着自己,"没关系,挪挪位置就行了。"一想到能跟铁锅亲密地在一起,它心里依然洋洋得意,"为朋友遭点罪是值得的。"它不断地这样对自己说。

铁锅和砂锅在外旅行了很长时间,到它俩回来时,铁锅依然身体健康,而砂锅只剩下碎片了。铁锅悲哀地哭号:"好朋友,都怪我坑了你,你这样的身体,根本不适合旅行呀!"

主人对铁锅说:"依我看,在友谊之中,最好是彼此之间各方面条件相当相称,如果条件相差悬殊,难免不出现悲剧。"

阅读提示 YUEDUTISHI

平等是建立良好关系的前提条件,离开了平等,一切都很难成立。在不平等基础上建立起来的关系,只能带来痛苦和伤害。

吃不到葡萄的狐狸

原名：狐狸和葡萄

饥饿已极的狐狸奔波了好久，好不容易见到一片绿色的果园。它越过果园的墙头，看到了颗粒饱满的一串串大葡萄。多好吃的葡萄啊，狐狸的眼睛都看直了，眼睛与牙齿一起发亮，像碧玉一般的葡萄，使狐狸流出了口水。狐狸本能地伸出爪子向上够了够，呀，离得太远，因为葡萄挂得太高了，眼睛

瞅得见，牙齿可咬不着。狐狸心急如焚，它攒足了劲儿，猛地向上一跳，但爪子还是够不到。狐狸使劲地翘起脚，翘得只剩脚尖一点点挨着地了，但还是不行。狐狸又搬过来附近仅有的一块砖头，站在上边，也还是不行。

看得见却吃不着，狐狸就是不甘心，就一个劲儿地在这儿折腾，累得满头大汗，可还是够不着葡萄。狐狸只好极度失望地离开了这里，临走前，它狠狠地盯着那些葡萄，愤愤地说道："算了，你们虽然看上去很丰满，实际上都没熟，我想，你们肯定颗颗都是酸的，我又何必让我的牙齿酸得格格的响呢？"

狐狸这样说着，内心平静了许多，它坦然地向前走去，并且，再也不回头看这些葡萄。

人们常说：吃不到葡萄说葡萄酸。实则是指那些明明没有能力做到的事情，还要找一些冠冕堂皇的借口为自己开脱的人。

āng zāng de sào zhou
肮脏的扫帚

原名：一把扫帚

在主人宽敞的大房间里，扫帚的工作是不轻松的，每天从早到晚，一刻不得清闲。最难打扫的是厨房里的地板，那上面常常有油污，就是费了九牛二虎之力也难以扫净，还常常挨主人的责骂。

忽然有一天，扫帚的地位提高了。原来，仆人们喝了顿痛

快酒，竟然喝醉了，仆人们把几件主人的外套郑重地交给扫帚，对它说："去把它们打扫干净吧，说实在话，这是看得起你，你一定要把这个差使完成好，这样你在主人眼中威信就会提高了。"

扫帚一听自然十分高兴，仆人这样看重自己，怎能不好好儿显显身手？于是扫帚用最大的气力抡起手臂，向着主人的衣服狠命打去，只听大厅里传来噼噼啪啪的响声。跟着扫帚又去攻打大衣，这次的响动则更大，仿佛用石棒在猛烈地舂米。

扫帚是用了全部的热情工作，它满身大汗就是证明。

但扫帚自己本来是油腻和肮脏的，它跳到那价格昂贵的上衣和大衣上会把衣服扫成什么样子，人们不难想象，它打扫得越卖力，这衣服就越是肮脏。

结果呢？主人回来得知了这一切，仆人被解雇了，扫帚给丢得远远的，只配在庭院中与铁锹、小桶们说说话，没人再用它做什么活了。

tān xīn rén shā jī qǔ dàn
贪心人杀鸡取蛋

原名：贪心人和母鸡

zài yí gè cūn zi li　　zhù zhe
在一个村子里，住着
yí gè rén　　tā shén me dōu bú huì zuò
一个人，他什么都不会做。
tā de jiā li yǎng le yì zhī mǔ jī
他的家里养了一只母鸡，
zhè zhī mǔ jī měi tiān dōu yīn qín de wèi
这只母鸡每天都殷勤地为
zhǔ rén shēng yì zhī jīn dàn　　zhèng shì kào
主人生一只金蛋。正是靠
zhe zhè zhī xià jīn dàn de mǔ jī　　cái
着这只下金蛋的母鸡，才
shǐ tā zhè ge jì bú huì bǔ yú dǎ liè
使他这个既不会捕鱼打猎，
yě méi yǒu rèn hé shǒu yì de rén　　guì zi
也没有任何手艺的人，柜子
li zhuāngmǎn le huàn huí de jīn bì
里装满了换回的金币。

一般的人，像他这样钱袋一天天地鼓起来，也许会心满意足的，但这个贪心的人却从不满足，它觉得生财的速度太慢。一天，他突然产生了一个奇怪的念头：如果把母鸡杀了，鸡肚子里一定有不少未生出的金蛋。他完全忘掉了母鸡的好心奉献。他提着一把刀，径直向母鸡走去，对母鸡说："真是对不起了，不是我一定要杀你，只是我得把你肚里的金蛋取出来。"母鸡一听吓坏了，说："主人，你忘了我平时为你做的贡献了吗？你就那样狠心吗？"这个贪心人无言以对，顾不得忘恩负义的账上再记下自己的罪孽，他挥起刀，在母鸡的哀叫声中把它杀了。

杀了鸡，他剖开鸡肚子，贪心的人大失所望，除了大小不一的蛋卵子，就只有内脏，其他成熟的蛋自然是一个也没有。

阅读提示 YUEDUTISHI

贪欲会让你变得一无所有，更会让你失去已有的东西。
每个人都应该学会知足和感恩。

贪吃橡实的猪
tān chī xiàng shí de zhū

原名：橡树下的猪

yì zhī lǎn duò de zhū zhěng tiān shén me shì yě bú zuò　　zhǐ huì zài xiàng shù
一只懒惰的猪整天什么事也不做，只会在橡树

xià láng tūn hǔ yàn de chī zhe xiàng shù guǒ shí　chī bǎo le jiù duǒ zài shù yīn li
下狼吞虎咽地吃着橡树果实，吃饱了就躲在树荫里

hū hū dà shuì　　yí shuì jiù shì gè bǎ shí chen　　tā xǐng hòu de dì yí jiàn
呼呼大睡，一睡就是个把时辰。它醒后的第一件

shì　jiù shì zhēng kāi xīng sōng de shuì yǎn　　zhàn qǐ shēn lái　yòng zhū bí zi wā
事，就是睁开惺忪的睡眼，站起身来，用猪鼻子挖

xiàng shù gēn
橡树根。

xiàng shù de gēn chéng le zhè zhī lǎn zhū bù zhī pí juàn de kěn shí de mù
橡树的根，成了这只懒猪不知疲倦地啃食的目

biāo rì fù yí rì jìng háo bù xiū zhǐ
标，日复一日，竟毫不休止。

xiàng shù zhī shang de yì zhī wū yā yì zhí zhù shì zhe lǎn zhū de jǔ
橡树枝上的一只乌鸦，一直注视着懒猪的举

dòng tā zhōng yú rěn wú kě rěn xiàng lǎn zhū tí chū le kàng yì wèi lǎn
动，它终于忍无可忍，向懒猪提出了抗议，"喂，懒

jiā huo nǐ bù zhī dào zhè yàng huì sǔn shāng xiàng shù ma rú guǒ nǐ bǎ shù gēn
家伙，你不知道这样会损伤橡树吗？如果你把树根

dōu gěi lù chū lái le kě lián de xiàng shù jiù yào kū sǐ
都给露出来了，可怜的橡树就要枯死。"

yǒu nà me yán zhòng ma lǎn zhū bú xiè yí gù de shuō kū sǐ
"有那么严重吗？"懒猪不屑一顾地说，"枯死

ràng tā kū sǐ hǎo le wǒ xiàn zài hái kàn bù chū tā duì wǒ néng yǒu duō dà yòng
让它枯死好了，我现在还看不出它对我能有多大用

chu rú guǒ tā kū le wǒ yě jué bú huì wǎn xī wǒ zhǐ shì xū yào bǎ wǒ
处，如果它枯了，我也决不会惋惜，我只是需要把我

yǎng de bái bái pàng pàng de xiàng shí a
养得白白胖胖的橡实啊！"

lǎn zhū nǐ zěn me zhè yàng jiǎng huà wū yā qì fèn de yì
"懒猪！你怎么这样讲话？！"乌鸦气愤得一

shí bù zhī shuō shén me cái hǎo
时不知说什么才好。

wàng ēn fù yì de dōng xi cóng shù gàn shang chuán lái yí gè yán sù
"忘恩负义的东西！"从树干上传来一个严肃

de shēng yīn yuán lái shì xiàng shù dài zhe mǎn qiāng de fèn nù jiǎng huà tái qǐ
的声音，原来是橡树带着满腔的愤怒讲话，"抬起

nǐ nà chǒu lòu ér féi pàng de liǎn wǎng shàng qiáo qiao ba nǐ yào míng bai zhè xiē
你那丑陋而肥胖的脸往上瞧瞧吧，你要明白，这些

xiàng shí dōu shì cóng wǒ shēn shang chū lái de ya nǐ lián zhè ge dōu bù dǒng bù
橡实都是从我身上出来的呀，你连这个都不懂，不

tíng de tān chī wǒ de guǒ shí　　hái yí wèi de wā jué shù gēn　　zhè zhēn ràng wǒ
停地贪吃我的果实，还一味地挖掘树根，这真让我

nán yǐ róng rěn　　nǐ yīng dāng yuǎn yuǎn lí kāi zhè lǐ　　wǒ shí zài tǎo yàn nǐ zhè
难以容忍。你应当远远离开这里，我实在讨厌你这

yàng de huài péng you
样的坏朋友。"

zài xiàng shù hé wū yā de yí zhì kàng yì xià　　lǎn zhū cóng zhè lǐ bèi gǎn
在橡树和乌鸦的一致抗议下，懒猪从这里被赶

le chū qù　　lín zǒu shí lǎn zhū yǒu xiē fèn fèn bù píng　　zhè xiē xiàng shù guǒ shí
了出去，临走时懒猪有些愤愤不平，"这些橡树果实

bú jiù shì gěi wǒ men chī de ma
不就是给我们吃的吗？"

shēng huó zhōng yě yǒu xiē xiàng zhè tóu zhū yí yàng yú chǔn de jiā huo　　tā men yì biān
生活中也有些像这头猪一样愚蠢的家伙，他们一边

xiǎng shòu zhe bié rén de láo dòng chéng guǒ　　yì biān rǔ mà zǔ zhòu chéng guǒ de yōng yǒu zhě
享受着别人的劳动成果，一边辱骂诅咒成果的拥有者。

tuì xīn pí de shé
蜕新皮的蛇

原名：农夫和蛇（一）

jù shù lín bù yuǎn　　yǒu yí gè xiǎo cūn zhuāng　　zhè ge xiǎo cūn zhuāng jīng cháng
距树林不远，有一个小村庄，这个小村庄经常

shòu dào shé de sāo rǎo　　qiū jì de yì tiān　　yì tiáo shé yòu cuàn dào le cūn
受到蛇的骚扰。秋季的一天，一条蛇又窜到了村

li　　jiāng nóng hù jiā de yí gè yīng ér yǎo shāng le　　nóng mín men fèn nù de zhuī
里，将农户家的一个婴儿咬伤了，农民们愤怒地追

赶蛇，幸亏蛇逃得快，只在尾巴上挨了重重的一击，被打了个大口子。婴儿由于救治及时，才脱离了生命危险。

经过了春天，这条蛇蜕了一层皮，以为人们认不出自己了，而且过了这么长时间，人们一定将婴儿被咬的那件事忘了。这条蛇就又

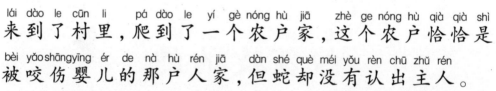

来到了村里，爬到了一个农户家，这个农户恰恰是被咬伤婴儿的那户人家，但蛇却没有认出主人。

蛇爬到农民的跟前，以一种谄媚讨好的表情说："邻居，咱们交个朋友好吗？咱们彼此疏远得太久了，现在你一点儿都不用担心我会伤害你，我自己不是一条咬人成性的普通蛇了，你仔细瞧一瞧，我已经彻底改变了，自从春天以来，我就换上了这

一身漂亮的新皮了，我自己也跟着彻底改变了。"

可明眼的农民一眼就看出这条蛇就是咬伤自己孩子的凶手，他压抑着愤怒，好不容易耐着性子听蛇讲完了话，他挥起斧子狠狠地砍了下去，把这条蛇劈死了。

阅读提示：良好的信誉是通行天下的工具，一旦失去信誉，你即使刻意改变，也终将会落得个可悲的下场。

农夫和他的坏朋友

原名：农夫和蛇（二）

一个并不很聪明的农夫，非常爱交朋友，可以说是来者不拒，什么样的朋友都交。有一次，他到树林里去砍柴，偶然见到一条蛇，便和蛇攀谈了起来。狡猾的蛇一见忠厚的农夫对它一点儿也不提防，就越发吹嘘起自己如何善良，如何仁义来。农夫亲热地称蛇为："我的相见恨晚的朋友。"蛇称农夫为："最尊重和理解我的好朋友。"从这以后，他们往来频繁，互相赠送吃的玩的东西，打得火热。

农夫兴奋地将这个消息告诉给他的老朋友们，但令他惊异的是人们不仅对此不感兴趣，而且还对他流露出鄙夷的神色，农夫渐渐发现，老朋友们和亲戚们与他的往来愈来愈少，到后来竟没有一个人登他的门了。

农夫百思不得其解，他到朋友和亲戚那里，诚恳地问他们："你们不来看我，是我妻子待客不周，还是嫌我家的饭菜不丰盛，有什么对不起你们的地方吗？"

"你说的这些都不是。"他的朋友以坚定的口气回答道："作为朋友或亲戚，我们极愿意和你经常在一起，聊一聊玩一玩，你热情好客，从没有使我们扫兴过。可是我们有一个最大的顾虑，如果跟你一块儿坐着，我们难免不提心吊胆和东张西望，因为必须提防着你的朋友——蛇会爬过来从背后咬我们一口，这样的朋友聚会还能有什么乐趣？"

农夫听了，半天没有说话。

阅读提示

只有慎重地选择朋友，选择友谊，才能得到大家的尊重和欢迎，不能因为自己交友的不慎，给别人带来麻烦，也给自己埋下危险。

33

纸花与鲜花

原名：花

临街的房舍，一个敞开着的窗口显示了房间的华丽，窗台上除了摆放着几盆鲜花，还有几个色彩珍奇的瓷瓶，里面插着几枝纸花。乍一看去，纸花十分艳丽多姿。

这不，在清晨的清新空气里，纸花故意扭动着身躯，对着往来的人们使劲儿地炫耀着自己，"快来看看我吧，我的鲜艳的颜色与秀美的姿态难道比鲜花差吗？若将'花之王'的桂冠赋予我是一点儿不过分的……"

真是不巧，纸花的话还未说完，天就哗哗地下起了大雨，这时纸花可慌了手脚，一个个跳着脚嚷

着："老天爷，老天爷，你能让大雨停下来吗？不停
我们可就要玩儿完了。"有的纸花咒骂老天爷是"存
心和我们过不去。"有的纸花则哀求着说："老天爷，
求求你，千万别再下了。"

但是固执的老天爷对这些咒骂、哀求全不在
意，它让大雨充分完成了
原定的任务。大雨给这
个世界以彻底的清洗，大
雨过后，炎热消退了，空
气凉爽了，树叶、青草和
禾苗比以前越发苍翠了，
大自然变得越发生机勃勃。

窗台上的那几盆鲜
花，重新展示了自己姹紫
嫣红，变得更新鲜、更芬芳、更娇嫩了，而那些印花
纸做的花，耷拉着脑袋，狼狈地站在那里。不久，它
们就被当做垃圾打扫出去了。

渴望发洪水的青蛙

原名：青蛙和天神

一只青蛙一直住在沼泽里。春暖花开的时候，青蛙想换换环境，决定从沼泽中搬出来。找到一个坐落在裂开的山地中间一个舒适的角落里，那里安宁而洁净，是个理想的休憩场所，但遗憾的是青蛙并没有在那里享受多久。炎热的夏天到了，青蛙的这处理想住宅变得不理想起来，干燥得几乎一滴水也没有。于是，它每天在山谷的裂缝中哀求众神："不朽的众神啊，救救我吧！让我摆脱我的不幸的命运吧！只要大水从山上泛滥下来，我的家里就经常有足够的水可以喝和游玩儿了。"见众神没有什么反应，青蛙又祈求天神："天神，怜悯怜悯我，赶紧下雨吧！你能真正地关心我吗？你能明白我现在的处境吗？要是对我还有一丝同情，赶紧为我下点雨滴吧！"

天神说："你这样愚蠢地叹息又有什么用呢？难道为了你这样一小块地方的利益，就应该让洪水无情地吞噬这里吗？为什么你不可以找个最简便的办法，自己搬个家呢？沼泽就在下面不远的地方呀！"

青蛙听了，立时没话可说了。

阅读提示 YUEDUTISHI

为了一己之利，只图自己舒适而不考虑他人的利益，这样的自私自利者，连上苍都厌恶他。

不称职的参观者

原名：好奇的参观者

新开的博物馆吸引了众多的参观者，在络绎不绝的人群中，有一个看上去像是十分认真的小伙子，小伙子以极其用心的态度，仔仔细细地在博物馆中逛了一两个小时。这个年轻人为自己在博物馆中的巨大收获而兴奋不已，他兴冲冲地边低声哼着小曲边走出博物馆的门，才出门不远，一位久不见面的朋友，老远地就同他打招呼："啊，看到你真是高兴，你是从哪里来的？"

年轻的参观者兴致勃勃地嚷道："我呀，在博物馆里逛了将近两个小时，真让人大开眼界，我真想把我所见到的完完全全地告诉你，可是看的东西太多，我记也记不清了，说也说不完全，我只是感觉到屋子里满满的，里面有那么多大自然奇妙的物品和动物；许多美丽而善于鸣叫的飞禽，我见都没见过，那些蝴蝶呀，小小的昆虫呀，苍蝇、蜜蜂、甲虫、蜈蚣呀，有的像一块透亮的碧玉，有的像灿烂的珊瑚，有的像闪闪发光的珍珠，还有一种极小极小的瓢虫，我说了你也不信，简直比针头还要小。"

朋友说："你看见大象了吗？你一定对大象印象深刻吧，它四肢粗壮，鼻子长长的，那么一个庞然大物，你是不是

rèn wéi nǐ pèng dào le yí zuò shān
认为你碰到了一座山？"

yā lǐ miàn hái yǒu dà xiàng nián qīng de cān guān zhě shí fēn jīng yà
"呀，里面还有大象？"年轻的参观者十分惊讶。

dāng rán yǒu dà xiàng a tā de péng you shuō
"当然有大象啊！"他的朋友说。

āi ya zhēn shì yí hàn wǒ yì diǎn er yě méi yǒu liú xīn dà xiàng
"哎呀，真是遗憾，我一点儿也没有留心大象。"

nián qīng rén yě liú lù chū jǐ fēn yí hàn
年轻人也流露出几分遗憾。

阅读提示 YUEDUTISHI

zhǐ piān zhòng liú yì yú mǒu yì fāng miàn ér hū shì le qí tā fāng miàn jiù bú shì
只偏重留意于某一方面而忽视了其他方面，就不是
yí gè chèn zhí de cān guān zhě zhǐ yǒu quán miàn xì zhì de guān chá cái néng bǐ jiào yǔ jiàn
一个称职的参观者，只有全面细致地观察，才能比较与鉴
bié cái néng dé chū wán zhěng de jié lùn
别，才能得出完整的结论。

xiàng mǎ yǐ qiú yuán de qīng tíng
向蚂蚁求援的蜻蜓

原名：蜻蜓和蚂蚁

xià tiān lǐ huā hóng liǔ lǜ yì zhī xiǎo qīng tíng zhěng tiān guàng lái guàng qù
夏天里，花红柳绿，一只小蜻蜓整天逛来逛去，

wán de zhēn jìn xìng tā jī hū shì chàng le yí gè xià tiān wán le yí gè xià
玩得真尽兴，它几乎是唱了一个夏天，玩了一个夏

tiān dāng bié rén jī jí de wèi guò dōng chǔ bèi shí wù de shí hou tā hái mǎn
天。当别人积极地为过冬储备食物的时候，它还满

bú zài hu de shuō zhè me zháo jí gàn ma dōng tiān hái zǎo zhe ne
不在乎地说："这么着急干吗？冬天还早着呢！"

yí gè qiū tiān hěn kuài jiù guò qù le ér xiǎo qīng tíng yī rán shén me shì
一个秋天很快就过去了，而小蜻蜓依然什么事

qíng yě méi zuò
情也没做。

běi fēng qiāo rán guā qǐ hán lěng de dōng tiān dào le tián yě li yí piàn
北风悄然刮起，寒冷的冬天到了，田野里一片

huāngliáng wǎng rì lù yóu yóu huáng càn càn de zhuāng jia zǎo yǐ kū wěi nà xiē
荒凉。往日绿油油、黄灿灿的庄稼早已枯萎，那些

yángguāng càn làn de rì zi nà xiē měi zhāng yè zi xià miàn dōu yǒu xiànchéng měi
阳光灿烂的日子，那些每张叶子下面都有现成美

cān de rì zi yǐ jīng shì qù le wú qíng de dōng tiān lái le hán lěng hé
餐的日子，已经逝去了。无情的冬天来了，寒冷和

jī è yì qí xiàng xiǎoshēng líng men
饥饿一齐向小生灵们

bī lái xiǎo qīng tíng bú zài chàng
逼来。小蜻蜓不再唱

gē le shì a dù zi è
歌了。是啊，肚子饿

de shí hou nǎ yǒu xīn si chàng
的时候，哪有心思唱

gē ne tā zhěngtiān chóu méi kǔ liǎn
歌呢？它整天愁眉苦脸，

wèi shēng jì fā chóu
为生计发愁。

zhè huì er qīng tíng yǒu xiē
这会儿，蜻蜓有些

fèi lì de pá dào mǎ yǐ gēn qián
费力地爬到蚂蚁跟前。

nǐ zhè ge hǎo rén qǐng
"你这个好人，请

shōu liú wǒ ba zài nǐ zhè er
收留我吧，在你这儿

我会很快强壮起来的，让我在你这儿度过一个冬天好吗？"

小蚂蚁这样对它说："朋友，夏天的辛勤工作可以为冬天营造一个舒适的环境，这个最简单的道理难道你不明白吗？我真是觉得很奇怪。"

小蜻蜓又想到了往日的快乐时光，"在软绵绵的青草窝上，唱歌呀，游戏呀，真是有趣，我觉得时间过得特别快，玩得头都晕了，哪儿还有时间想工作呀？"

"那你现在怎么办呢？"小蚂蚁问。

"我整天还是唱我的歌呗！"小蜻蜓满不在乎地说。小蚂蚁则有些尖刻地对小蜻蜓说："说得多好听啊，现在你满可以到处载歌载舞啊！"

小蚂蚁批评归批评，最终还是收留了小蜻蜓，不然，在这个冬天小蜻蜓不是饿死就是冻死吗？在小蚂蚁的安乐窝里，小蚂蚁可是没有批评小蜻蜓，直到它答应明年夏天再不贪玩而要认真做好过冬准备为止。

bú yào xū dù hé huāng fèi shí guāng   yào chōng fèn   lì yòng měi lì de shí guāng cún chǔ
不要虚度和荒废时光，要充分利用美丽的时光存储
zhī shi   bú yào fàngzòng zì jǐ ér kōng liú gǎn tàn yǔ yí hàn
知识；不要放纵自己而空留感叹与遗憾。

yīng cháo xiào mì fēng
鹰嘲笑蜜蜂

原名：鹰和蜜蜂

chūn tiān   shì bǎi huā shèng kāi de
春天，是百花盛开的
jì jié   tián yě li de gè zhǒng huā dōu
季节，田野里的各种花都
zhēngxiān kǒng hòu de kāi le   yì zhī máng
争先恐后地开了。一只忙
lù de mì fēng   gǎn dào zhè lǐ lái cǎi
碌的蜜蜂，赶到这里来采
huā mì   tā xuǎnzhòng le yì duǒ huáng sè
花蜜，它选中了一朵黄色
de dà huā   zài huā ruǐ li xīn qín ér
的大花，在花蕊里辛勤而
xiǎo xīn de cǎi xié zhe huā fěn
小心地采撷着花粉。

yì zhī lǎo yīng zhèng hǎo cóng zhè lǐ
一只老鹰正好从这里
fēi guò   qiáo jiàn mì fēng zhè yàng máng yú
飞过，瞧见蜜蜂这样忙于

工作，觉得有些好笑，它带着有些轻蔑的口气说：

"你不觉得自己太辛苦了吗？你以自己全部的智慧和勤劳来做这样的苦工，真让人觉得可怜，你们成千成万的蜜蜂，一整个夏天在蜂房里忙忙碌碌，有谁能看到你们的工作呢？赏识你们的人不是更少吗？你们这样工作又有什么意义呢？我真觉得奇怪，你们怎么会愿意辛苦一辈子呢？辛辛苦苦的，又有什么指望呢？"

蜜蜂像全没听见老鹰的问话，仍然默默地采着花粉。见蜜蜂没理它，鹰又故意加强了语气，这样说道："我和你们之间真可以说是天差地别，当我展开飒飒发响的翅膀，自由自在地向上飞翔的时候，飞禽不敢飞起来，牧羊人格外警惕地守卫着他在附近吃草的肥羊，脚步矫捷的鹿儿，见了我也撒腿就跑。我多威风啊！"

一直不作声的蜜蜂被老鹰喋喋不休的谈话弄得不耐烦了，它这样大声回答老鹰："光荣和名誉

yīng dāng guī yú nǐ。 yuàn tiān shén jì xù bǎ shénshèng de hóng fú cì gěi nǐ
应当归于你。愿天神继续把神圣的洪福赐给你！

rán ér wǒ a shēng lái jiù shì yì xīn wèi rén men fú wù de wǒ bù qiú xiàng
然而我啊，生来就是一心为人们服务的，我不求向

rén biǎo míng wǒ zì jǐ de xiǎo xiǎo
人表明我自己的小小

chéng jiù wǒ jué de wǒ suǒ zuò de
成就，我觉得我所做的

yí qiè dōu shì yīng gāi de dāng
一切都是应该的。当

wǒ qiáo zhe wǒ men de fēng cháo de shí
我瞧着我们的蜂巢的时

hou kàn dào zài xǔ duō fēng mì zhōng
候，看到在许多蜂蜜中

jiān yǒu yì dī shì wǒ zì jǐ niàng
间有一滴是我自己酿

zào de shí hou zhè jiù shì duì wǒ
造的时候，这就是对我

zuì dà de ān wèi le
最大的安慰了。"

mì fēng shuō zhe yòu zì yóu
蜜蜂说着，又自由

zì zài de fēi dào le lìng yì duǒ fěn sè dà huā shang zhè zhī jiāo ào de lǎo
自在地飞到了另一朵粉色大花上。这只骄傲的老

yīng sī suǒ zhe mì fēng de huà bàn shǎng méi yǒu zài kēng shēng
鹰思索着蜜蜂的话，半晌没有再吭声。

yǒu xiē rén qǔ dé le yì diǎn chéng jì jiù xǐ huan gāo gāo zài shàng kuā kuā qí tán
有些人取得了一点成绩就喜欢高高在上、夸夸其谈；

yǒu xiē rén mò mò wú wén xīn qín láo zuò bù tān tú míng yù kuài lè de wèi shè huì wèi
有些人默默无闻辛勤劳作，不贪图名誉，快乐地为社会为

dà zhòng gòng xiàn lì liàng
大众贡献力量。

45

敢踢狮子的驴

原名：狐狸和驴子

在树林里，驴曾以博学谦恭而一度得到人们的尊重，但后来，驴竟变了，变化发生在狮子老了的时候，据说驴对狮子也相当不客气。

一天，狐狸在树林里碰到了驴，大老远就打招呼，"你好吗？我的博学朋友，看样子你是从什么地方回来的吧？"

"说得对，狐狸。"驴这样回答，"我碰巧走过狮子的洞窟，就到那跟前看了看，我还是第一次看到，不可一世的狮子大王，已经连一点力气都没有了。记得从前，狮子大王一声怒吼，整个森林都被震得直颤。它一吼，我就连蹿带跳地逃走，有时连滚带

爬，摔得一身
泥土，总想逃
得离它越远
越好。但如
今，我也和别
的动物一样，

一点儿都不怕它了，狮子现在可是老朽不堪了，它
没有气力奔跑、步行或是大声讲话，它躺在洞窟里
就像一块石头，依我看，狮子的末日就要到了。"

"真的吗？"狐狸表示对此极有兴趣。

"决不是撒谎。"驴以坚决的口气接着说，"哪
一只野兽都没有显出害怕它的样子，不管离它远还
是离它近的，它们都赶去惩罚它。现在是与狮子大
王报仇算账的日子，大家都按照自己习惯采用的
方式与狮子算账，有的用嘴使劲咬它，有的用角狠
命戳它，狮子身上已有些伤了。"

"那么你自己呢？"狐狸问道，"狮子大王已经

病得很厉害了，而且身上还带着伤，那么你这个博学而谦恭的人一定对它十分恭敬吧？"

没想到驴使劲儿摇了摇头，"狐狸朋友，你好像把我当做不中用的东西了，别人都争着抢着与狮子大王算账，我为什么要畏缩呢？以前我曾被它吓得狼狈逃窜，屁滚尿流，这回呀，我要把它收拾个痛快，我狠命地踢了狮子，要让它认识驴蹄有多厉害！"

驴一副得意的神色。而这个平日里名声不佳的狐狸却忽然良心发现，它这样想道：当狮子有权力有名望的时候，像驴这样树林中的无名鼠辈从来都不敢抬起眼睛望狮子一眼，而当狮子一落千丈的时候，显示其最狠毒和最无情的，就是这些势利小人。从此，狐狸再不叫驴为"博学和谦恭的先生"了。

阅读提示 YUEDUTISHI

一些无耻之徒就是这样一副卑鄙的嘴脸，他们遇强则弱，遇弱则强，仗势欺人，恬不知耻，做尽坏事，嘴上还大言不惭、夸夸其谈。

毫无准备的猎人

原名：猎人

人们常说："时间还有得是，做事还来得及。"但坦率地说，这不是一句很理智的话，人们常常宽容了自己，对懒惰听之任之。所以，如果有工作要做，就应该毫不耽搁地立刻做好，如果你发现因自己的毫无准备而吃亏，那就不该埋怨命运，而应当埋怨你自己，这个故事要说明的就是这个道理。

秋日里，一个猎人又和往常一样出发了。他带着装食物的袋子、弹药、猎枪和猎狗，他出猎的目标自然是鸟和兔子。临行前，家里人和邻居劝他在出门之前把弹药装在枪筒里，但是他淡然一笑，不屑地说："你们的提醒真是多余，难道我是第一次出去打猎吗？难道天空中就只有一只麻雀等待我去打吗？我从家走到那里，得要一个小时，即使装一百次子弹，也有得是时间，何苦要搞得这么紧张！"

说来也怪，仿佛命运女神要故意跟猎人做对似的，猎人还没有走过开垦地，就发现一大群野鸭浮在水面上。猎人心里止不住的一阵狂喜，他的枪法远近闻名，一枪就能打中六七只，这是一笔多大的收获呀！但是……

现在猎人急得抓耳挠腮，他要是在出发时就在枪筒内装好子弹多好啊！可是他偏偏没装。

猎人匆匆忙忙向枪筒里装着子弹，那些机警的野鸭们毫不迟疑，随着一

声尖锐的鸣叫，就一齐飞了起来，高高的在树林上方排成长长的一列，很快就飞得无影无踪。这时猎人的枪弹还没完全装好，一见野鸭全没了影儿，猎人捶胸顿足，恨不得多生出几只脚去追野鸭。

猎人穿过曲折狭窄的小径，在树林里奔跑搜索，今天这树林和麻雀也似乎故意与他作对，他竟连一只麻雀也没有见到，装好了子弹的猎枪竟一点儿也没有发挥作用。

呀，真是糟糕，天气也有意与猎人过不去，随着霹雳一声惊雷炸起，大雨倾盆而下，猎人浑身都是雨水，装猎物的袋子空空的，并给淋得透湿，猎人拖着疲惫的步子艰难地回了家，还被淋得得了一场病。

但是猎人并不悔恨自己，他却认为是自己命运不济，埋怨命运女神没有帮自己的忙。

阅读提示 做任何事情都应该事前做好充分准备，所谓"不打无准备之仗"，否则，临阵磨枪是不会取得成果的。

杜鹃与鹰大王

原名：杜鹃和鹰

在森林里，夜莺一直是公认的歌手。杜鹃因为受到鹰大王的器重与赏识，被鹰大王赐名为夜莺。

说来也巧，有一次森林里的鸟类举行演出，杜鹃兴奋不已，"我可以施展自己的本领了。"

这天，几乎全山谷的鸟儿都来欣赏演出了，杜鹃稳稳地坐在一棵树上。它张开喉咙，几乎是用全身的劲儿在歌唱，声音不能说是不高亢，热情也不能说是不振奋，但唱得是否动听呢？杜鹃向四周瞧了瞧，呀，鸟儿跑了不少，没跑的几只也对它露出讥笑的神色，有的鸟讽刺杜鹃说："你这是唱的什么歌？是不是用的最新唱法？"还有的鸟讥笑杜鹃说："我们还从来没有听过这样有趣地歌声呢，还真有些与众不同的地方呢！"杜鹃听了，心里觉得十分难过。它跑到了鹰大王那里，请求鹰大王帮助自己。"鹰大王，你让我当森林的夜莺，可是鸟儿们都在嘲笑我的歌唱。你能让它们好好儿地对待我吗？"

鹰大王说："我的朋友，我的众鸟之王的地位是不容怀疑的，但我却不是整个宇宙的造物主啊！对你的要求我实在是无能为力，我可以凭权力让他们称你为夜莺，然而要我把你变成夜莺，我却毫无办法。"

阅读提示 YUEDUTISHI

徒有虚名是毫无用处的，真正的荣誉和地位是凭借真材实学的实力取得的。否则，只能被人们所嘲笑。

扮演狼的小羊

原名：小羊

一只小羊生活在羊栏中，它的伙伴有不少，大家在一起，生活得富裕而安宁。小羊有个特点，就是总爱显示自己，但在羊栏中，能够显示的机会太少了，因为每天除了吃饭、玩，就是睡觉，小羊感到自己太平常了。

有一天，小羊突发奇想：要是能冒充狼到外边走一遭，不就能大出风头了吗？于是这个愚蠢的小家伙便偷偷披上了牧人放在外边的一张狼皮，绕着羊群溜达起来，小羊故意挺直身躯，装出很威风的

yàng zi qí tā de yáng jiàn le yǐ wéi zhēn de shì láng dōu xià de lián lián duǒ
样子。其他的羊见了，以为真的是狼，都吓得连连躲

shǎn zhè shǐ xiǎo yáng yuè fā dé yì qǐ lái
闪，这使小羊越发得意起来。

xiǎo yáng zhuāng mú zuò yàng de zǒu lái zǒu qù shí bèi shǒu hù zài yáng lán
小羊装模作样地走来走去时，被守护在羊栏

páng de gǒu fā xiàn le gǒu bǎ xiǎo yáng
旁的狗发现了，狗把小羊

dàng chéng le chū lái tōu jī mō yā xún shí
当成了出来偷鸡摸鸭寻食

chī de láng páo xiào zhe cuān guò lái yā zài xiǎo
吃的狼，咆哮着蹿过来压在小

yáng de shēn shang bú xìng de xiǎo yáng hái méi yǒu
羊的身上。不幸的小羊还没有

lái de jí nòng míng bai shì zěn me yì huí
来得及弄明白是怎么一回

shì er jiù bèi hěn hěn de pū fān zài
事儿，就被狠狠地扑翻在

dì shang chà diǎn er bèi gǒu sī de fěn suì
地上，差点儿被狗撕得粉碎。

xiǎo yáng zhōng yú fā chū tòng kǔ de
小羊终于发出痛苦的

āi jiào jù zhè er bù yuǎn de mù rén tīng dào le xiǎo yáng de jiào shēng mǎ shàng
哀叫，距这儿不远的牧人听到了小羊的叫声，马上

chōng guò lái cóng gǒu zuǐ li jiù chū le fù shāng de xiǎo yáng
冲过来，从狗嘴里救出了负伤的小羊。

mù rén wèn xiǎo yáng nǐ zěn me dào zhè lǐ lái le xiǎo yáng tūn
牧人问："小羊，你怎么到这里来了？"小羊吞

tūn tǔ tǔ de huí dá wǒ jué de zhuāng chéng láng hǎo wán yòu néng chū chū fēng
吞吐吐地回答："我觉得装成狼好玩，又能出出风

tou wǒ jiù
头，我就……"

zhè yì chǎng jīng xià bǎ xiǎo yáng nòng de shī hún luò pò zài mù rén dài lǐng
这一场惊吓把小羊弄得失魂落魄，在牧人带领

下，它一步一步艰难地挨到了羊栏。小羊一天比一天瘦弱，实在难以提起精气神儿，一想起那天被狗厮咬的可怕情景，小羊就浑身发抖，呻吟不止。

　　还好，小羊的伙伴们并没有歧视它，而是热心地关心和开导它，有一只小黑羊这样告诫这只可怜的小羊："在开始行动前，如果你稍微考虑一下，就肯定不会异想天开地去扮演狼这样的野兽了。"

阅读提示 YUEDUTISHI

好的名誉比任何修饰都来得珍贵，虽然你的灵魂是纯洁的，你的良心是无辜的，但你的一个行动欠考虑，你的处境就会跟过去大不相同了。

糊涂的磨坊主

原名：磨坊主

　　一个村庄里住着一位磨坊主，他的水磨是靠水闸控制的水来带动的。磨坊主有个最大的缺点，就是懒惰。这不，他的水闸被流水冲出了一个小窟窿，而不勤于检查很少检修水闸的他却根本就没看到。有好心人告诉他："你的水闸有小窟窿了，应该收拾一下了。"可磨坊主人却摇摇头说："这点小口子，没什么关系。"然而这个小窟窿一天比一天大，后来，水就从窟窿里直泻出来，像从小桶里倒出来似的，又有好心人来劝告磨坊主人了："这回可别不当一回事了，赶快想想办法吧！"

"不要紧的。"磨坊主回答，"我需要的不是汪洋大海，只要有水流动就行了，我也不指望铁磨坊发大财。"

磨坊主由着那个窟窿去漏水，水从窟窿里咕咕地涌出来，没过几天，磨坊的水轮不转了，磨石不动了，磨坊停止了工作。磨坊主这回可慌了神，他

不停地来回走动，反复嘟哝着，"这回该怎么办？"

磨坊主这回正式到水闸上勘查窟窿，准备认认

真真拿出补救的办法，正在这时，他看见一只鸡在

这里偷着喝水，满腔的怨恨都从磨坊主的身上迸

发出来，一起射向这只无辜的鸡，磨坊主用了全部

力气大喊："这个偷吃偷喝的下流东西，你这带毛的

蠢才，我本来已十分缺水，你还来捣乱，你一来，我

的水就更少了，你不是想置我于死地吗？"

磨坊主毫不客气地举起棍子来，以满腔的怒火

打死了这只鸡，他认为这是自己纠正错误的具体行动。

当天夜里磨坊主上床睡觉的时候，他的磨坊

里，用来带动水磨的水一滴也没有了，听到这个消

息，磨坊主愤愤地想：水没有就没有吧，反正威胁

水的敌人——鸡也没有了。

阅读提示 YUEDUTISHI

不抓主要矛盾去解决，而对其他的枝节问题揪住不放，这通常是某些人失败的原因。

bēn pǎo bù tíng de sōng shǔ
奔跑不停地松鼠

原名：松鼠

一天，在乡绅的住宅附近，聚集着一群乡民，他们拥挤在一起，目不转睛地盯着一只绕着轮子奔跑的松鼠。连画眉等鸟都在附近的白桦树上看热闹。

松鼠跑得好快呀！它的脚爪转动得像风轮一样，它那蓬蓬松松的大尾巴在屁股后面高高地翘起，就像个飞速转动的陀螺。

画眉鸟大声地喊起来，"喂，松鼠老乡，请

你告诉我，你这样不停地奔跑，到底是为了什么呀！"其他的乡民也都跟着喊："是啊，到底是为了什么呀！"

松鼠停住脚，以极快的语速对画眉鸟和乡民们说："我整天忙得不得了，我的差事是给老爷送讯息，你们看，我连吃饭喝水的工夫都没有，忙得气都喘不过来。"松鼠说完，就用更快的速度重新奔跑起来了。

画眉鸟和乡民们都不解地问它："你这样不停地奔跑，可是你老是在这个老地方，并没有绕出这里呀！"

松鼠摇摇头，还是奔呀跑呀，最后累得再也跑不动了。可是它为之送讯息的老爷呢，并没有对它抱以同情，而是不经意地看了它一眼，就让仆人把松鼠抬出了他的住宅。松鼠这时似乎变得清醒了，它在思索着：自己的奔跑也许真的没什么实质性的意义。

阅读提示

生活中做事情如果不切实际不注意效果，恐怕也会像这只松鼠一样，虽然拼尽了全力也是在原地踏步，毫无实际意义。

失火中的分红

原名：分利钱

在一条街上有一家小小的百货店，这是几个人合伙开的，经营些日用小百货。这几个人做买卖还算公道。一年下来，他们发了一笔小财。账目结好了，因为分红分得不均，这几个合伙人彻底撕破了脸皮，打了起来。就在他们闹得不可开交的时候，一个邻居冲了进来，气喘吁吁地喊道："屋子失火了！"

有一个合伙人还算冷静，站在屋中央高喊："赶快救火，抢救货物！"他又

制止那些为计算账目而喋喋不休的人，"快跑，这些账目我们不要算了，时间就是生命。"

"不算也可以，我只要我那一百块钱。"有一个人这样抢先嚷道，并伸手去拉装钱的箱子。自然有人制止了他。只听另一个声音高声嚷道："钱不到手，我决不跑出这屋子！"他也伸手去拉钱箱，又有人不让他拉，两个人拼命争夺起钱箱来。

"两百应该归我，账目上说得明明白白！"第三个人喊道，"其他的人无论怎样都不能拿这笔红利。"他索性双手抱起了钱箱子。

这下，屋子里像开了锅，这个叫："为什么？"那个嚷："怎么样？"又一个大吼："不，你错了。"人们只顾了争论，全忘了火灾的危险。

火，由小到大，终于熊熊燃烧起来，这些愚蠢的家伙吵得那么久，竟没有注意到大火已烧到跟前。浓烟呛住了他们愤怒的声音，火焰烧断了他们的逃路，于是他们的红利、他们全心全意的盼望——

nà zhī chéngqián de mù xiāng yǐ jí tā men běn rén quán dōu shāochéng le huī jìn
那只盛钱的木箱以及他们本人，全都烧成了灰烬，

nà ge céng jīng shǐ tā men fā le yì bǐ xiǎo cái de xiǎo bǎi huò diàn zài yě bú
那个曾经使他们发了一笔小财的小百货店，再也不

fù cún zài le
复存在了。

miàn lín kùn jìng bù néng tóng zhōu gòng jǐ zhǐ xiǎng gōu xīn dòu jiǎo móu qǔ sī lì dào
面临困境不能同舟共济，只想勾心斗角谋取私利，到

tóu lái zhǐ néng luò de rén cái liǎng kōng
头来，只能落得人财两空。

suō zi yú chī lǎo shǔ
梭子鱼吃老鼠

原名：梭鱼和猫

chí táng li yǒu yì tiáo hào dòng de suō zi yú tā hé chí táng biān yì zhī
池塘里有一条好动的梭子鱼，它和池塘边一只

kuài huo de māo zhù de hěn jìn māo jīng cháng zhuā dào féi měi de lǎo shǔ bǎo cān yí
快活的猫住得很近，猫经常抓到肥美的老鼠饱餐一

dùn suō zi yú jiàn le xiàn mù de zhí liú kǒu shuǐ zhè tiáo yá chǐ jiān lì
顿，梭子鱼见了，羡慕得直流口水。这条牙齿尖利

de suō zi yú xiǎng wǒ yào shi gēn māo yí yàng yě dǎi jǐ zhī lǎo shǔ gāi yǒu
的梭子鱼想：我要是跟猫一样，也逮几只老鼠，该有

duō hǎo yú shì tā mǎ shàng pǎo qù jiàn māo tí chū le zì jǐ de yí gè dà
多好。于是它马上跑去见猫，提出了自己的一个大

dǎn shè xiǎng tā duì māo shuō yō kě bié máng zhe jù jué wǒ shén me shí
胆设想，它对猫说，"哟，可别忙着拒绝我，什么时

候你在仓库里安排下打猎的游戏，带我去吃它一天！"

猫一听这个请求，吓了一大跳，连连摇着头，

梭子鱼却又使劲摇着猫的胳膊，恳求它答应自己。

猫只好友善地说道，"行，行！不过你没捉过老鼠，

你可得好好儿学学这个本领呀。再有我是吃老鼠

的英雄，你可得留神啊，不然你就会遭殃的；'天下

无难事，只怕内行人'这

句老话可不是没有道理的。"

梭子鱼一听，马

上反驳道，"亲爱的猫

先生，你这是什么话

呀，我连水中最厉害的

棘鱼都逮住了，怎么没

有办法对付老鼠呢！"

"那么走吧，但愿老

天保佑你！"猫边替梭子鱼

祈祷，边跟梭子鱼一起走了。到了

仓库里，猫玩打猎的游戏去了，留下梭子鱼自己守候老鼠的出现。猫玩够了吃饱了，想起来要瞧瞧梭子鱼是否平安无事。它走到跟前，只见梭子鱼躺在那儿，嘴巴张着，眼睛肿得只剩一条缝儿，尾巴已被老鼠吃掉了。梭子鱼奄奄一息，用微弱的声音对猫说："救救我，快救救我。"

见到梭子鱼这般模样，猫又是同情又是生气，"唉，你就是不听我的劝告，才把自己搞成这样。不能做到的事为什么非要逞能呢？"猫只好把半死不活的梭子鱼拖回池塘里。

最后，猫又这样对梭子鱼说："梭子鱼啊，现在你该明白捉老鼠是多危险了吧？希望你以后学聪明点儿，逮老鼠的事还是让我来搞吧。"身子已扎到池塘里的梭子鱼使劲点了点头……

阅读提示 YUEDUTISHI

"术业有专攻"，每个人只有在自己最擅长的事情上才有可能创造出好成绩。否则，不懂装懂，外行充内行，只能空留笑柄。

被公鸡遗弃的珍珠

原名：公鸡和珍珠

平日里，公鸡总是自己四处搜寻食物，这会儿，它在肥料堆里发现了一颗小珍珠。小珍珠周身都是泥土，看上去像个白色的豆粒。

"小珍珠有什么了不得？"公鸡这样说道，"对我来说简直毫无用处，我真不明白人类为何把它看得那么珍贵，这实在是太愚蠢了。在我看来，一粒大麦，都比珍珠有用，大麦虽然不及珍珠好看，但是可以吃饱肚子呀！"

公鸡很随便地把珍珠甩到了一边。悄悄待在那里的珍珠并没有做声：公鸡不清楚自己的价值，但总会有人清楚我的。

一个珠宝店的老板正好从这里经过，见到被随意丢在地上的珍珠，马上小心地拾了起来。经过一番处理，闪闪发光的小珍珠被摆上了柜台。

一天，正好母鸡过生日，公鸡到珠宝店为它选礼物，选来选去，最后选中了那颗闪闪发光的珍珠。当珍珠被挂在母鸡的脖子上时，这颗珍珠这样对公鸡说："知道我是谁吗？我就是那颗被你随意甩到泥土里的珍珠啊！有些当时你认为没有用处的东西，并不等于永远没有用处。"

公鸡在这颗珍珠面前显得很不好意思。

阅读提示 YUEDUTISHI

无知的人也是这样看待事物：不了解这件东西的价值，就说它是废物。

蛇和无辜的小绵羊

原名：蛇与绵羊

树林的一条小路旁，躺着一根枯死的树枝，而一条毒蛇就躲在这根树枝的下面。蛇天生就憎恨与敌视别人，这会儿，这个憎恨全宇宙所有事物的家伙正把愤怒情绪积聚到最大限度。它发誓，凡是从这儿经过的小动物，一个也不放过。

一只小绵羊又跳又蹦地往这条小路走来，它要去采野花，因为今天是妈妈的生日，它要给妈妈编一个好看的花环。小绵羊沉浸在欢乐之中。它正欢快地跳跃着，冷不防被蛇一口咬住了，毒牙紧咬住它的腿不放，可怜的小绵羊低头一看，见到蛇正狠狠地盯着它。立时，美丽的天空，绿色的树木和小草在它稚嫩的眼睛里变得暗淡了，小绵羊的血液里已浸入了毒素。小绵羊呻吟着，用微弱的声音喊救命，但别说附近没人，就是有人，谁又能救得了它呢？

"我怎么得罪你了？"小绵羊问蛇。

蛇这样回答："谁知道呢？为了防止用你的羊蹄把我踩个稀巴烂，我就来个先下手为强。"

"不对，我一点儿都没有想到去伤害你，你完完全全误会了我，别人并没有侵犯你的意图，你却先去杀害别人，这样做不是强盗的逻辑吗？"小绵羊费力的把这些话说完，就含冤死去了。

蛇把小绵羊的死看得极其平淡，这个带着毒液

de huài jiā huo réng rán zài kū mù xià miàn shǒu hòu zhe děng dài zhe xià yí gè sòng
的坏家伙仍然在枯木下面守候着，等待着下一个送

shàng mén de měi cān
上门的"美餐"。

阅读提示 YUEDUTISHI

yǒu de rén nǎo zi sì hū yǔ shé yǒu zhe xiāng tóng zhī chù tā men bù dǒng de ài hé
有的人脑子似乎与蛇有着相同之处，他们不懂得爱和

yǒu yì guāng shì yí wèi zēng hèn zhe bié rén bǎ suǒ yǒu rén dōu dàng zuò dí rén yào shí
友谊，光是一味憎恨着别人，把所有人都当做敌人。要时

kè jǐng tì dī fang yǐ miǎn chī kuī shàng dàng
刻警惕提防，以免吃亏上当。

zhuāng jia hàn hé kān cài yuán de lú
庄稼汉和看菜园的驴

原名：驴子和种菜人

yí gè zhōng hòu lǎo shi de zhuāng jia hàn zhòng le mǎn yuán de shū cài yóu
一个忠厚老实的庄稼汉种了满园的蔬菜，由

yú tā de qín kuai hé rèn zhēn gè lèi shū cài guā guǒ dōu zhǎng de shí fēn xǐ
于他的勤快和认真，各类蔬菜瓜果都长得十分喜

rén shōu huò de jì jié dào le wū yā hé má què zǒng shì lái cài yuán tōu chī
人。收获的季节到了，乌鸦和麻雀总是来菜园偷吃

guā guǒ kàn dào guǒ shí bèi zāo tà zhuāng jia hàn jiù wú bǐ qì nǎo tā xiǎng
瓜果，看到果实被糟蹋，庄稼汉就无比气恼，他想

dào le zì jǐ de nà ge zhōng shí kě kào de lú lú píng shí bù tōu bú dào
到了自己的那个忠实可靠的驴，驴平时不偷不盗，

nǎ pà shì zhǔ rén de yí piàn shù yè tā dōu lián pèng yě bú pèng yào shi ràng lú
哪怕是主人的一片树叶它都连碰也不碰，要是让驴

替自己看菜园岂不是再好不过了吗？庄稼汉就把驴安排到菜园里。

连续两天，庄稼汉都在城里放心地销售自家产的部分蔬菜瓜果，他坚信驴不会放过或是放松了来侵犯的鸟儿，到第二天晚上，他卖完菜回到家，心想：去看看劳苦功高的驴吧。

庄稼汉来到了菜园，哇，菜园里的情况简直可以说是一团糟，只见驴不停地奔来奔去，驱逐着果园里的鸟儿，它那带掌的四蹄在瓜果蔬菜间跳进跳出，横冲直撞，把所有的苗床都踩得稀烂。瓜果蔬菜被弄得遍地都是。

庄稼汉的心在流血，一年的辛苦就这样在驴蹄的践踏下被糟蹋得惨不忍睹。庄稼汉边落着泪边一下下地猛抽着驴背，以发泄自己所受到的巨大

损失。

"我不是按照你说的去做了吗？"驴拙嘴笨舌地为自己辩护着。

"谁让你这样看果园？你就是该挨打。"庄稼汉手里的鞭子抽打得更狠了。

驴被打得遍体鳞伤，好心的黄牛来看它，叹着气说："驴好可怜，可主人打它也并非没有道理，驴不应该去做它所做不了的事情。"

另一个来看驴的枣红马说："驴受了不少惩罚，按说它也应当受到些惩罚，可是那个委托驴看守菜园的人，难道他就应该饶恕他自己吗？"

庄稼汉听了黄牛和枣红马的话，满面羞愧，一句话也说不出来了。

阅读提示

是啊，让驴子看守菜园的人，更应该受到责罚。在最能体现其能力的地方发挥潜能，才是智者的选择。否则，就是一场"灾难"。

kě lián de hóu zi
可怜的猴子

原名：猴子

在非州，有许许多多的猴子和其他猴子一样，它们也非常善于模仿。有一天，一大群猴子坐在叶子浓密的树枝上，偷偷地瞅着草地上的猎人。只见猎人在草丛里铺着的网上不断地打着滚儿，一副快活自如的样子。猴子们看着觉得稀奇和好玩儿，就按捺不住内心的喜悦，暗暗地窃窃私语着。

"瞧那人啊！他的花样儿可真不少，简直表演个没完没了，身体缩成一团，手和脚都看不出在哪里。"

"这么有趣儿的新鲜玩意儿，我们为什么不能试一试？难道不如他表演得出色？"

"来吧，亲爱的同伴们，我们也来模仿一下这个猎人，一定也会十分有趣的。他大概玩得差不多了，恐怕要走了，那时候我们就可以随心所欲地玩耍了。"

不晓得猎人听没听到猴子们的窃窃私语，猎人玩得尽兴，不久就走了，还留下了网。

已等得心急火燎的猴子们兴高采烈地冲上来，争相嚷着："嗨，快来吧，别错过了机会，看谁先找到玩这玩意儿的窍门儿？"

美丽的猴子从树上下来了，跳进了猎人早已为它们设下的罗网，猴子们在网上起劲儿地翻着筋斗，开心地跳上跳下，叽叽喳喳地嬉戏着，身上缠绕的全是网。

当猴子们终于玩儿够了，带着余兴想从网里出

来时，它们欢乐的情绪很快冷却了。它们没有想到，

猎人一直在等候着机会，每个猎人都拿着袋子。猴

子们慌了，像没头苍

蝇一样四处乱窜，寻

找任何一处可以逃出

的地方。但是网裏得

紧紧的，猎人把惊慌

失措的猴子们全部逮

进了袋子，一个也没

有漏网。

不用说，袋子里

的猴子们这时清醒多了，它们早就没有了开始时的

兴高采烈，个个像沮丧的伤兵，在设想着自己可能

遭到的悲惨命运。

阅读提示 YUEDUTISHI

模仿关键在于了解清楚其中的真谛，否则，只是表象

的模仿，往往是徒劳的，愚蠢的。

丢掉尾巴的狐狸

原名：狐狸

在一个滴水成冰的早晨，有些口渴的狐狸，来到一条已封冻的河流旁，就着一个冰窟窿喝水。可能是喝水的时间久了点吧，或者是狐狸只顾了喝水而忘记了身后尾巴的事，反正它一起身，没有马上带起自己的尾巴。狐狸那条令许多人羡慕的红彤彤的大尾巴尖儿浸在水里，被冻在冰上了。

这原本也不是什么太大的事儿，狐狸当时只要用力一拉，就可以把尾巴拉出来的，往最坏处打算，至多拉掉十几根毫毛而已。而且那时大家都在睡觉，狐狸偷偷溜回家去，谁又会知道这事儿呢？

但是狐狸怎么能舍得损坏它的尾巴，一条那么

柔软、浓密，为自己
带来美丽称誉的大
尾巴呢？它打定主
意，还是在这儿等一
会儿的好，反正这时
也没人知道它为什
么站在冰上不动，也许
太阳一出来，冰就会融
化，冰面一解冻，尾巴
不就被解救出来了吗。

狐狸耐下心来，等了又
等，而尾巴在严寒的空气中愈冻愈牢。啊，盼望已
久的太阳终于升起来了，人们开始走动了，说话的
声音也不断地响起来，狐狸唯恐人们看见自己的狼
狈相，又觉得太阳出来了冰面会松动，就十分焦急地
去拉动尾巴。狐狸使劲扭动着身体，拼着全身的力
气去拉，但却一点儿作用也没有，讨厌的冰把可爱的

dà wěi ba dòng de jiē jiē shí shí
大尾巴冻得结结实实。

hú li pàn wàng zhe yǒu rén guò lái jiě jiù zì jǐ zhè shí zǒu guò lái yì
狐狸盼望着有人过来解救自己，这时走过来一

zhī láng hú li jiù dà shēng de xiàng tā hǎn dào qīn ài de péng you duō
只狼。狐狸就大声地向它喊道："亲爱的朋友，多

rì bú jiàn de lǎo péng you gān bà ba nǐ lái de zhèngqiǎo kuài lái jiù jiu wǒ
日不见的老朋友，干爸爸，你来的正巧，快来救救我。"

tā xī rì wǎng lái mì qiè de péng you jiù tíng xià le jiǎo bù jué xīn dā
它昔日往来密切的朋友就停下了脚步，决心搭

jiù hú li tuō xiǎn láng yí jiàn hú li wěi ba dòng de nà yàng jiē shi suǒ xìng
救狐狸脱险。狼一见狐狸尾巴冻得那样结实，索性

sān xià wǔ chú èr wān xià shēn lái gān cuì lì luò de bǎ hú li de wěi ba
三下五除二，弯下身来，干脆利落地把狐狸的尾巴

gěi yǎo diào le bìng gào su hú li shuō rú guǒ bú zhè yàng zuò nǐ quánshēn
给咬掉了，并告诉狐狸说："如果不这样做，你全身

de máo pí dōu nán bǎo
的毛皮都难保。"

kě lián de hú li duànsòng le zì jǐ měi lì de dà wěi ba tā xiǎng
可怜的狐狸断送了自己美丽的大尾巴，它想，

láng shuō de yǒu lǐ bù yào diào wěi ba bù jǐn bǎo quán bù liǎo zì jǐ de máo
狼说得有理，不咬掉尾巴，不仅保全不了自己的毛

pí kǒng pà lián xìng mìng dōu nán bǎo ne
皮，恐怕连性命都难保呢。

qí shí hú li kāi shǐ jiù cuò le zhǐ yào néng gòu bǎo quán zì jǐ de
其实，狐狸开始就错了，只要能够保全自己的

wěi ba yòu hé bì lìn xī wěi ba shang de jǐ gēn háo máo ne
尾巴，又何必吝惜尾巴上的几根毫毛呢？

阅读提示 YUEDUTISHI

yīng gēn jù dāng shí de qíng shì huán jìng zuò chū pàn duàn zuò chū qǔ shě fǒu zé
应根据当时的情势环境，做出判断，做出取舍，否则

jiāng huì niàngchéng dà cuò
将会酿成大错。

空桶和酒桶
kōng tǒng hé jiǔ tǒng

原名：两个桶

夏日里，天气很热，一个马车夫赶着马车，骨碌骨碌地走着。车上装的东西不多，只有两只大木桶。

一只木桶装着满满的酒，也许知道自己身负重任，它一路显得沉静、稳重，没有发出一点儿声音。那稳如泰山的姿态表明了

它的自信。

另一只木桶是空的，也许因为自己本身的重量太轻，站不住脚的它一直蹦蹦跳跳。一路上木桶来回晃动的声音非常震耳，路人老远听到这只木桶碰撞的声音，真是难受极了，他们躲在一边，连声抗议着："哪儿来的这么大的声音，是木桶里的什么东西使它发出这样的声响？"有人好奇地一直跟着马车走，想看看这两只木桶里究竟装的是什么。

到了目的地，真令好奇者大吃一惊，那稳稳站立的不声不响的木桶里装满了酒，而那个在路上一直哗众取宠的木桶里竟一无所有。

"原来木桶的真正价值，是不以本身响声的大小为标志的呀，那些沉默不响的木桶，常常是最有价值的。"好奇者得出了这样的结论。

阅读提示
YUEDUTISHI

籽粒饱满的麦穗总是低垂着头，只有腹中空空的稗子才趾高气昂的仰着头。

骗人又骗己的商人

原名：商人

在一座小城里，有一家布匹商店，店里的主人是个自认为极有经营经验的中年人，说起来，他经营这个布匹商店已有几年光景了，小店一直没有变化，既无大起色，也没有亏本儿。

一天，这位布店老板忽然像发现了新大陆似的，拼命喊自己的侄子过来，待他的侄子，一个十六七岁的端庄

男孩儿出现时，布店老板用激动得有些发颤的声音对他的侄子说："喂，孩子，快到我这儿来，我要告诉你一件令人振奋的事，你不是知道我有一块破破烂烂的波兰布吗？它又破旧又潮湿，上面生满了蛀虫，这些年摆在那里一直无人问津。可是你知道吗？这块布我已经把它脱手了，我对买主说这是英国货，啊，买主就那么轻而易举地上钩了，就是刚才那一会儿的工夫，我就白得了一百元，那个买主真是天下第一大笨蛋！"

布店老板的侄子一直在认真倾听大叔说的话，这会儿，他好不容易有了说话的机会，就对大叔说："您说的一点儿不错，不过究竟谁是笨蛋，我一时还有些弄不清楚，您的布是卖出去了，不过您瞧，他给您的钱是假的。"

布店老板仔细看看手里的钞票，果真是假的，他真是恼羞成怒，又大骂起刚才那个不仁不义的买主是"天下第一大混蛋"。

骗子总是有的，但做生意怎能靠以次充好作为生财之道呢？这与骗子无异，而诚信是经商、为人之道。

已衰老的狮子

原名：老朽的狮子

一桩新闻在森林里传开了：曾威震四方的狮子大王，已经衰老得只能躺在床上呻吟，脚爪再也抓不住东西，当年那副无敌的利齿，现在也永远地脱落了，那双带动它行走千里的脚，累得再也走不动了。还有一件更糟糕的事呢，如今狮子的愤怒再也不能使森林中的动物们害怕，这些自认为曾遭受过狮子欺凌的动物们纷纷前来报复，它们争先恐后地，不怀好意地从四面八方赶来对狮子大王横加侮辱。

狮子大王的身上几乎全是伤，前胸被马蹄狠狠

地踢了一脚，后背被
狼的利齿咬得稀烂，
肩胛处又被尖利的
牛角戳破。狮子大
王愤怒得想叫喊，却

喊不出来，它要挣
扎反抗，但费了九
牛二虎之力也起不
了身，可怜的狮子
大王，想不出一点
儿办法，只能等待

着死亡的降临。在低沉而悲伤的吼声中，透露出
狮子大王心底的悲哀，"我是这样的不中用了，我
无力反抗那些对我的欺辱。"

平日里在狮子看来最无能的驴子，也挺起胸膛
走到狮子跟前，跟其他的野兽一起，等候着挑选最
痛的地方踢狮子一脚，一种无可遏止的愤怒袭上

狮子心头，它大叫道："天哪！"它的呻吟声越发沉重了。

狮子大王感到自己是受了莫大侮辱，它向着苍天发出心底的祈求。

"在这标志着奇耻大辱的一脚踢到我垂死的骨头上之前，让死神马上为我解脱这难以言喻的痛苦吧！在我看来，驴子的侮辱是远比死亡还要难受多少倍的！"

死神迟迟不肯降临，而狮子大王受够了心灵的煎熬。

驴子那无情的一脚终于结结实实地踢到了狮子大王的身上。狮子大王终于带着无法忍受的痛苦接受并迎接了死亡。

阅读提示 YUEDUTISHI

真是"虎落平阳遭犬欺"，"鸟之将死，其鸣也哀"，对行将死亡的兽王，宽恕是最仁慈的做法。

橡树和芦苇的争论

原名：橡树和芦苇

橡树是一棵高大挺拔的树，而芦苇则是一枝见风就摇摇摆摆的苇子，它俩离得很近。

十月的一天，这棵橡树跟这枝芦苇谈起了话，橡树这样对芦苇说："你生来就长得这样小，连一只小小麻雀的重量也负担不了，即使是只能旋起涟漪的最微弱的清风，你也如临大敌，像遇上了灾害那般颤抖。你整天低着头，看着你真叫人可怜。"

"而我呢，看到我的高大了吗？我像高加索山一样威严——炎热的太阳对于我来说只是小事一桩，算不得什么；狂风暴雨我全不在乎，依然逍遥自在，高高挺立，笔直而刚劲，仿佛掌握着攻不破的和平之盾。"

"对于你芦苇来说，

一丝风就是一场风暴，而

对于橡树来说，一场风暴

只是一阵微风。只要

你站在我附近，我的阔

大茂密的枝叶就可以

借给你浓荫，遇到险恶

天气时，我就可以奋力

地保护你。可惜你一

来到这个世界，被安排

的住所就是风神的河岸，是面临着大风大雨的土地。

真可惜，像你这样的，我想照顾你都使不上力气。"

"你真是大慈大悲的救世主，"芦苇鄙夷地看着

橡树，回答说，"可是不用你担心，我自能平安无恙。

假使我害怕风暴，倒不是为我自己的缘故，虽然我

在风中表现得摇摆不定，但我决不会折断，风雨根

本损害不了我。我觉得，橡树兄弟，你自己的危险倒可能更大。的的确确，直到目前为止，在猛烈的风暴里，你的茁壮的身体屹立不动，你也没有逃过狂风暴雨的打击，可是，你最后的结果可能并不乐观。"

芦苇的话音刚落，冰雹和大雨突然倾盆而下，北风呼呼地刮个不停。橡树在风雨中巍然屹立着，而强劲的风使得芦苇俯倒在地上。狂风愈刮愈烈，雨愈下愈大，那高入云霄的橡树，那茁壮的根深扎入土壤里的橡树，那曾经对着芦苇炫耀自己并不停夸着海口的橡树，终于被呼啸着的风连根拔了起来。

暴风雨过后，芦苇重新挺起了身躯，看着被连根拔起的橡树，它若有所思，又自言自语，"橡树本该知道自己是这样的啊！"

阅读提示 YUEDUTISHI

每个人、每件事物都有其存在的合理性、必然性。"强"与"弱"只是相对而言，不要随意夸耀自己"强"，抨击他人"弱"。